FICHE

DOCUMENT RÉI...
MAIT...
(UNIVER...

Et si c'était vrai...

MARC LEVY

lePetitLittéraire.fr

Rendez-vous sur lePetitLittéraire.fr et découvrez :

Marc Levy
Écrivain français

- **Né en 1961 à Boulogne-Billancourt**
- **Quelques-unes de ses œuvres :**
  Et si c'était vrai... (2000), roman
  L'Étrange Voyage de Monsieur Daldry (2011), roman
  Un sentiment plus fort que la peur (2013), roman

Marc Levy, né en 1961, entre à dix-huit ans à la Croix-Rouge tandis qu'il étudie la gestion et l'informatique à Paris. Après avoir créé sa première entreprise d'importation en France, il part aux États-Unis et fonde en 1983 deux sociétés spécialisées dans les images de synthèse. Sept ans après, il démissionne et fonde à Paris un cabinet d'architecture qui deviendra l'un des plus reconnus en France.

Depuis le succès fulgurant de son premier roman *Et si c'était vrai...* (2000), qui est resté soixante-dix semaines durant sur les listes des bestsellers, il se consacre exclusivement à l'écriture. Tous ses romans figurent dès leur parution en tête des ventes annuelles en France et connaissent un succès international.

Et si c'était vrai...
Une réflexion sur l'existence

- **Genre**: roman
- **Édition de référence**: *Et si c'était vrai...*, Paris, Robert Laffont, 2000, 299 p.
- **1re édition**: 2000
- **Thématiques**: amour, mort, fantôme, euthanasie, âme, mémoire

Et si c'était vrai... (2000), qui a été transposé au cinéma sous le titre *Just Like Heaven* (2005, Mark Waters), est une curieuse et touchante histoire d'amour entre un jeune architecte et l'âme d'une jeune femme tombée dans le coma. Au-delà de cette aventure spirituelle hors du commun, Marc Levy met en avant des questionnements sur l'amour, la vie, la mort et l'absence d'ouverture du monde moderne vers le spirituel. Une aventure transcendante (qui se situe au-delà de toute expérience concrète), des descriptions exactes du milieu médical et de la société américaine, ainsi que la combinaison de récit, de dialogues réalistes et de séquences épistolaires sont les points forts de ce roman qui pousse le lecteur à une véritable réflexion sur l'existence.

RÉSUMÉ

Lauren Kline, jeune interne dans un hôpital américain, est victime d'un accident de voiture qui la fait tomber dans le coma. Les deux internes des urgences qui arrivent sur les lieux de l'accident constatent son décès, mais les policiers qui se chargent du transport du corps de la jeune femme sont stupéfaits de voir qu'elle recommence à respirer. Ils l'emmènent alors à l'hôpital, où le chef de Lauren, Fernstein, déclare que sa mort cérébrale est irréversible. Il décide néanmoins de l'opérer suite à l'insistance des internes. L'un d'entre eux explique à Fernstein «comment, derrière ses yeux restés ouverts, il l'avait sentie lutter et refuser de s'engouffrer» (p. 30). Et pour cause, son âme s'est en quelque sorte détachée de son corps. Impuissante, Lauren assiste à toute la scène sans pouvoir entrer en contact avec personne.

Arthur, un jeune architecte, découvre dans un des placards de l'appartement où il vient d'emménager une femme qui s'étonne qu'il puisse la voir. Elle n'est autre que Lauren Kline, ou plutôt son fantôme. Elle lui confie rapidement son secret : elle se trouve dans le coma depuis six mois. Elle peut tout entendre autour d'elle et réussit, par un effort de concentration, à se déplacer partout et à se déguiser comme elle veut. Elle est totalement libre et n'a aucune obligation. Cependant, malheureusement, « tout est accessible, mais tout est impossible » (p. 86), puisque sa famille, qui lui manque, ne peut la voir. Alors, fatiguée, elle s'est réfugiée dans son appartement, dont elle reste malgré tout la propriétaire, même si c'est sa mère qui s'occupe des questions administratives. Quand Arthur, très perturbé, lui demande de rentrer chez elle, elle lui rappelle qu'il est son « locataire *post-mortem* » (p. 43). Confus, le jeune homme décide de ramener Lauren à l'hôpital, la croyant folle.

Devant le corps inerte de la jeune femme, Arthur pense avoir affaire à la sœur jumelle de Lauren. Cependant, quand une infirmière lui confirme, par son attitude, que Lauren est bel et bien invisible pour les autres et que cette dernière lui avoue sa peur de mourir, il commence à la croire et désire l'aider. Le but est de faire en sorte que son esprit rejoigne son corps. Il procède alors à de nombreuses recherches à ce sujet. Lauren ne comprend pas pourquoi il fait tout cela pour elle et les réponses qu'il lui donne sont floues. Il lui dit tout simplement : « Parce que vous n'avez pas le choix. » (p. 87) Il évoque aussi le décès de sa mère quand il n'était qu'un enfant.

Arthur passe pour un dépressif auprès de sa secrétaire et de son associé, Paul, à cause de son air perdu, d'autant plus qu'il parle à quelqu'un qu'ils ne voient pas.

Plus tard, Lauren lui apprend que les médecins ont convaincu sa mère d'accepter de l'euthanasier. Alors, pour ne pas la perdre, Arthur nourrit le projet d'enlever le corps de son amie de l'hôpital et de s'en occuper seul. Avant, il essaie de convaincre la mère de Lauren de refuser l'euthanasie. Celle-ci, auprès de qui Arthur se fait passer pour un ami de la jeune femme, lui confie son amour pour sa fille ainsi que son désespoir de ne plus la voir active. C'est précisément pour cette raison qu'elle refuse de changer d'avis.

Arthur revient alors à son plan d'enlèvement et réussit à subtiliser deux blouses de médecin. Il demande à son ami Paul de voler une ambulance et il lui raconte tout sur Lauren, depuis le premier regard jusqu'à des confidences involontaires : « Il lui parla d'elle, de ses regards, de sa vie, de ses doutes, de ses forces, de ses conversations avec elle, de la douceur des moments partagés. » (p. 144). Selon Paul, Arthur, en lui parlant de la jeune femme, vient en même temps de lui faire « une vraie déclaration » (p. 144) puisque son fantôme doit se trouver avec eux. Il pense que son ami est tombé amoureux de Lauren.

À l'hôpital, Arthur affirme être un médecin chargé du transport du corps de Lauren. Il est pris pour un vrai spécialiste par une infirmière. Quand cette dernière lui demande de l'aider à sauver la vie d'un patient qui a fait une crise cardiaque, il n'ose lui pas avouer la vérité afin de ne pas gâcher son plan. En suivant les conseils donnés par Lauren, il réussit à sauver le malade.

Avec l'aide de Paul, le jeune homme parvient à transporter le corps de Lauren d'abord chez lui, ensuite au bord de la mer, dans la maison héritée de sa mère. Pour Arthur, c'est l'occasion de revivre la mort de sa mère alors qu'il n'était qu'un enfant ainsi que ses années solitaires au collège et à l'université. Après avoir lu une lettre-confession laissée par sa mère, il ose enfin avouer son amour à Lauren.

L'inspecteur Pilguez, chargé de retrouver le corps de Lauren, mène son enquête. Il a deux pistes : la première est liée à une ambulance qui a tourné plusieurs fois autour du pâté de maisons où habite Arthur et la deuxième, provenant de la mère de Lauren, concerne un architecte qui est contre l'euthanasie. Il en arrive alors à la conclusion que le coupable doit être Arthur. Il se rend au bord de la mer, à Carmel, où Arthur, qui risque cinq ans de prison, nie tout. Mais au moment où l'inspecteur s'apprête à partir, Lauren ouvre la porte du bureau dans lequel se trouve son corps, permettant ainsi à l'inspecteur de constater qu'elle est vivante. Arthur lui raconte tout. Pilguez ramène alors le corps à l'hôpital tout en cachant l'identité du ravisseur : « J'ai de l'estime pour vous. Le courage appartient à ceux qui agissent pour le bien ou pour le mieux, sans calcul des conséquences qu'ils encourent. » (p. 153-154). Quant à Arthur et au fantôme de Lauren, ils rejoignent leur appartement de San Francisco. L'euthanasie aura donc finalement lieu.

En attendant, Arthur et Lauren, « devenus complices, amants et compagnons de vie » (p. 257), continuent à profiter de chaque seconde. Au bout de trois mois, elle le réveille pour lui dire adieu car l'euthanasie a eu lieu. Arthur s'évanouit à cette annonce et reste enfermé chez lui de longues journées. Un coup de fil de Pilguez le sort cependant de son état de claustration totale. Lauren est en fait sortie du coma depuis dix jours, mais elle ne peut ni parler ni bouger les membres. Arthur se rend alors chaque jour à son chevet. Quand elle réussit finalement à s'exprimer, elle lui demande qui il est. Rassurant et amoureux, il veut lui raconter leur histoire et il lui dit qu'elle est « la seule personne au monde avec qui [il] puisse partager ce secret » (p. 270).

ÉTUDE DES PERSONNAGES

ARTHUR

Ce jeune architecte, orphelin dès l'âge de 10 ans, a grandi dans une solitude protégée par les souvenirs de sa mère et a fait des études aux États-Unis et en Europe avant d'ouvrir avec son ami Paul un atelier d'architecture à succès. Il est réellement passionné par son travail. Élevé dans l'absence de père, Arthur est préparé pour affronter la vie par sa mère, qui essaie de lui inculquer des valeurs et des attitudes qui l'aideront à survivre :

> « Des dogmes de Lili, il fabriquait des attitudes, des gestes, des raisonnements à la logique toujours implacable. Arthur était un enfant serein, l'adolescent qui lui succéda conserva la même logique de caractère, développant un sens de l'observation hors du commun. (p 173)

C'est peut-être grâce à l'attachement à sa mère décédée qu'il peut voir l'âme de Lauren et communiquer avec elle. Il se laisse entrainer dans l'aventure de la réconciliation entre le corps et l'âme de la jeune femme (même si, au départ, cette aventure ne promettait rien de logique ou de rationnel) car il éprouve le désir de réaliser quelque chose d'important dans sa vie, comme le montre l'épisode dans lequel il raconte à Lauren l'expérience d'un médecin qui a rendu la vue à une fille aveugle de naissance et le bonheur que ce médecin a vécu quand la fille a vu sa mère pour la première fois. Le fait de ne pas avoir pu intervenir pour sauver sa mère contribue également à son désir de venir en aide («J'aurais dû être médecin [dit Arthur à Lauren] Pourquoi ne l'as-tu pas été ? – Parce que Maman est morte trop tôt», p. 96). C'est un être profondément spirituel et prêt pour des aventures peu ordinaires : son amour pour une âme errante et son acharnement à la sauver le confirment. La rencontre avec Lauren est pour lui l'évènement qui donne du sens à sa vie.

LAUREN

Lauren Kline est une jeune interne au San Francisco Memorial Hospital. Entièrement dévouée à son travail, elle est promise à une belle carrière de médecin. Elle est indépendante, très active, espiègle et ironique, comme on peut le constater dans les séquences où elle raconte comment sa condition actuelle lui permet de se déguiser à sa guise, de voyager partout et d'être témoin de différentes scènes domestiques. L'appartement dont elle est propriétaire est loué à Arthur. Il devient donc, involontairement, son locataire. Il entre dans sa vie avec tous ses bagages, physiques et spirituels : c'est d'ailleurs une explication possible de leur capacité à communiquer.

LILIAN

Lilian est la mère d'Arthur. Cette femme riche, morte silencieusement d'un cancer, a su préparer l'avenir (scolaire, financier et social) de son fils avant de disparaitre. Elle continue à communiquer avec lui, même après sa mort, par le biais de lettres qu'elle a cachées ou confiées à différentes personnes (la directrice du collège d'Arthur, le notaire de la famille, des messages laissés dans des boites dans la villa de la mer), afin qu'il puisse les recevoir à des moments importants de sa vie. Elle reste ainsi à ses côtés.

Elle était très courageuse, mais, enfermée dans l'amour qu'elle portait à son mari qui l'avait quittée, elle tenait à l'écart l'amour que son ami Antoine était prêt à lui offrir. C'est en lisant cette confession qu'Arthur décide d'avouer son amour à Lauren. C'est aussi Lilian qui a transmis à Arthur son penchant pour le spirituel, ainsi que le courage de s'aventurer dans l'au-delà, grâce à ses leçons sur la mort, l'amour et la survie :

❮❮   Si je tombais à l'eau, tu ne te jetterais pas pour me sauver, ce serait une bêtise. Ce que tu ferais, c'est me tendre la main pour m'aider à remonter à bord, et si tu échouais et que je me noyais, tu aurais l'esprit en paix. Tu aurais pris la bonne décision de ne pas risquer de mourir inutilement, mais tu aurais tout tenté pour me sauver. (p. 166)

FERNSTEIN

Le chef de Lauren est un médecin qui n'accepte pas d'autre réalité que celle de la science. Devant le corps de Lauren, il croit que tout combat est vain : s'il n'y a pas de réaction morpho-physiologique, c'est qu'il n'y a plus de vie.

CLÉS DE LECTURE

L'AMOUR ET LE BONHEUR

Dans le roman de Levy, il est question de plusieurs types d'amour, tous aussi importants les uns que les autres dans la construction d'une vie heureuse :

- l'amour filial, celui d'une mère pour son fils ou d'une fille pour sa mère. Lilian a trouvé le moyen de continuer à être présente dans la vie de son fils et de lui apprendre à ne pas se laisser affliger par la « grande fin ». Ils peuvent être heureux ensemble, même après sa mort.

  Quant à la mère de Lauren, tout en aimant sa fille, elle accepte l'euthanasie car elle estime que sa vie s'est terminée avec sa mort cérébrale. C'est un acte courageux puisque cela veut dire qu'elle prend la décision de la mort effective de sa fille et qu'elle accepte de ne plus jamais la revoir. C'est également un acte d'amour car seul un réel amour donne la force de se séparer de ceux que l'on aime ;

- l'amour entre un homme et une femme. Arthur et Lauren ont, chacun de leur côté, vécu des histoires de couple, mais pas de réelles histoires d'amour qui auraient pu laisser des traces indélébiles dans leur mémoire. Leur rencontre et leur aventure sont la preuve à la fois littéraire (dans le sillage des grandes histoires d'amour qui se déroulent au-delà de la mort dans les contes de fées comme *La Belle au bois dormant*, par exemple, et de la littérature classique : pensons à *Roméo et Juliette*) et symbolique que, pour trouver l'amour, on peut mourir, renaitre et aller jusqu'aux limites de l'inimaginable.

L'amour peut en effet être une initiation aux secrets de la vie et de la mort, et une épreuve qui fait comprendre l'importance de chaque instant. Lauren et Arthur, une âme errante et un homme en chair et en os, s'aiment, réussissent à vivre concrètement leur amour (« L'âme de Lauren fut pénétrée par son corps d'homme, et entra à son tour dans le corps d'Arthur, le temps d'une étreinte, comme dans la magie d'une éclipse... », p. 197) et à être finalement heureux. La mort peut intervenir à l'improviste et les deux héros comprennent que chaque moment est à vivre comme si c'était le dernier : « La vie est magique, Arthur, et je t'en parle en connaissance de cause, parce que depuis mon accident je goûte le prix de chaque instant. Alors je t'en prie, profitons de toutes ces secondes qui nous restent. » (p. 246)

- l'amitié. Arthur et Paul sont de vrais amis, réunis par une enfance semblable et par la même passion pour l'architecture, aspect qui les rapproche d'ailleurs de Marc Levy puisque lui-même a travaillé dans ce domaine. Paul aide Arthur même s'il ne se laisse pas tout à fait convaincre par son histoire de fantôme. C'est toujours lui qui met fin à l'enfermement d'Arthur. Cette relation montre que l'amitié est un des vecteurs de bonheur.

LA MALADIE
COMME QUÊTE SPIRITUELLE

Le coma dans lequel Lauren est plongée est une sorte de maladie partiellement mortelle. En effet, ce qui est visible est mort et ce qui dépasse complètement la logique humaine vit. Ce que l'on peut savoir sur l'âme humaine reste assez flou et, en conséquence, peut être vu comme un ensemble de spéculations. Et si c'était pourtant vrai ? Si l'âme de Lauren existait réellement et qu'elle se promenait, qu'elle fatiguait et qu'elle tombait amoureuse ? Tout individu n'est pas prêt à accepter cela. Quand Arthur la voit pour la première fois, il ne peut pas croire qu'il s'agit de l'âme d'une femme qui se trouve en état de mort cérébrale. Lauren lui explique alors, en guise de preuve, ses faits et gestes, dont elle a été le témoin spectral.

Devant d'autres évidences incontestables, Arthur est obligé d'accepter le fait d'être en contact avec une âme errante. De son côté, Lauren, transparente et incapable de manipuler des objets concrets, parvient petit à petit, grâce à l'aventure dans laquelle Arthur l'entraine, à réconcilier son âme avec son corps, à toucher, à sentir et à faire bouger des choses (des vêtements, des feuilles de papier, etc.).

Les errances de l'âme de Lauren l'aident aussi à mieux comprendre les aspects futiles de la vie :

> « – Je [Lauren] pouvais aller me poser sur le coin du bureau
> ovale [...], m'asseoir sur les genoux de Richard Gere ou
> prendre une douche avec Tom Cruise.
>
> Tout ou presque lui était possible [...]. Il [Arthur] eut la
> curiosité de savoir si elle avait tenté au moins l'une de
> ces expériences.
>
> – Non, [...] j'ai dormi pour la première fois hier, alors les
> palaces ne me servent à rien, quant aux magasins, à quoi
> ça sert quand on ne peut rien toucher ?
>
> – Et Richard Gere et Tom Cruise ?
>
> – C'est comme pour les magasins ! (p. 85)

D'autres expériences, partagées avec Arthur, lui font vivre
des moments uniques grâce auxquels elle s'accomplit spi-
rituellement : elle se retrouve entre la vie et la mort, et elle
prend conscience du fait qu'au-delà du corps humain et de
ses réactions anatomiques (qu'elle a pu observer lors de
son expérience de médecin), il y a l'âme. C'est presqu'une
aventure mystique, c'est-à-dire qui traite de phénomènes
que l'on ne peut expliquer rationnellement :

> « – Vous croyez en Dieu ?
>
> – Non, mais dans ma situation on a un peu tendance à
> remettre en cause ce que l'on croit et ce que l'on ne croit
> pas. Je ne croyais pas non plus aux fantômes. (p. 86)

L'état de Lauren leur permet donc à tous les deux d'évoluer
et de prendre la mesure de certains aspects de la vie.

LA VIE ET LA MORT

Entre la vie et la mort, le passage est imprévisible et très facile : Lauren en est la preuve quand elle a son accident de voiture. La jeune femme a une vie très active et est impliquée dans son travail. Elle profite de la vie et l'idée de mourir ne la frôle absolument pas. Elle est du côté de la vie et un des urgentistes qui essaient de la sauver affirme que, « pour la première fois de sa vie de médecin il avait ressenti que cette femme ne voulait pas mourir » (p. 30). Elle plonge ensuite du côté de la mort et c'est l'amour d'Arthur qui la ranime. Son voyage spirituel est donc le suivant : vie > mort > vie.

Arthur, de son côté, même s'il est vivant, est plutôt du côté de la mort. Certes, il a une belle carrière, mais il n'est pas heureux. Il est accablé par ses souvenirs et se laisse vivre jusqu'au jour où, devant l'âme et le corps de Lauren, il comprend qu'il faut qu'il se prenne en main et profite de sa vie. Il se réalise en sauvant Lauren et en vivant une belle histoire d'amour avec elle. Il comprend que « rien n'est impossible, seules les limites de nos esprits définissent certaines choses comme inconcevables. » (p. 221)

Son parcours correspond dès lors à celui de Lauren : vie (l'enfance heureuse à côté de sa mère) > mort (son adolescence et sa maturité) > vie (la rencontre avec l'âme de Lauren et son amour pour elle). La différence entre le parcours des deux protagonistes est que la mort de Lauren est réelle, même si elle reste uniquement cérébrale, tandis que celle d'Arthur est spirituelle.

PISTES DE RÉFLEXION

QUELQUES QUESTIONS POUR APPROFONDIR SA RÉFLEXION...

- L'amour est un thème littéraire et cinématographique éternel. Pouvez-vous donner d'autres exemples (romans, nouvelles, films) d'histoires d'amour qui transgressent la vie et la mort ?
- L'amour filial est doublement illustré dans ce roman : Lilian et Arthur d'un côté, Lauren et sa mère de l'autre. Commentez ces deux relations.
- Quelles sont les motivations d'Arthur à aider l'âme de Lauren à rejoindre son corps ?
- Selon vous, pourquoi Paul accepte-t-il d'aider Arthur à voler le corps de Lauren ? De même, pourquoi, à votre avis, l'inspecteur Pilguez décide de ne pas divulguer l'identité du ravisseur du corps de Lauren ?
- Le père de Lauren affirme : « Seules les limites de nos esprits définissent certaines choses comme inconcevables. » Interprétez ces propos, en faisant référence à la survie de l'âme après la mort et en les mettant en lien avec le titre.
- Comment expliquez-vous l'attitude de Fernstein, qui décide d'abord de ne pas opérer Lauren, puis qui change finalement d'avis ?
- Quelles sont les valeurs humaines que Marc Levy met en avant dans ce roman ?

- Lauren est convaincue qu'il faut profiter de chaque seconde qui nous est offerte et pense que le temps se mesure en sentiments, en moments de bonheur, de tristesse et de partage. Qu'en pensez-vous ?
- L'euthanasie et la mort assistée sont permises dans certains pays (Belgique, Pays-Bas) et interdites dans d'autres (France). En vous appuyant sur les arguments mis en avant par la mère de Lauren et par Arthur, plaidez pour ou contre l'euthanasie.

POUR ALLER PLUS LOIN

ÉDITION DE RÉFÉRENCE

- LEVY M., *Et si c'était vrai...*, Paris, Robert Laffont, 2000.

ADAPTATION

- *Et si c'était vrai...*, film de Mark Waters, avec Reese Witherspoon et Mark Ruffalo, 2005.

SUR LEPETITLITTÉRAIRE.FR

- Fiche de lecture sur *L'Étrange Voyage de Monsieur Daldry* de Marc Levy
- Fiche de lecture sur *Le Voleur d'ombres* de Marc Levy
- Fiche de lecture sur *Si c'était à refaire* de Marc Levy

Retrouvez notre offre complète sur lePetitLittéraire.fr

- des fiches de lectures
- des commentaires littéraires
- des questionnaires de lecture
- des résumés

ANOUILH
- Antigone

AUSTEN
- Orgueil et Préjugés

BALZAC
- Eugénie Grandet
- Le Père Goriot
- Illusions perdues

BARJAVEL
- La Nuit des temps

BEAUMARCHAIS
- Le Mariage de Figaro

BECKETT
- En attendant Godot

BRETON
- Nadja

CAMUS
- La Peste
- Les Justes
- L'Étranger

CARRÈRE
- Limonov

CÉLINE
- Voyage au bout de la nuit

CERVANTÈS
- Don Quichotte de la Manche

CHATEAUBRIAND
- Mémoires d'outre-tombe

CHODERLOS DE LACLOS
- Les Liaisons dangereuses

CHRÉTIEN DE TROYES
- Yvain ou le Chevalier au lion

CHRISTIE
- Dix Petits Nègres

CLAUDEL
- La Petite Fille de Monsieur Linh
- Le Rapport de Brodeck

COELHO
- L'Alchimiste

CONAN DOYLE
- Le Chien des Baskerville

DAI SIJIE
- Balzac et la Petite Tailleuse chinoise

DE GAULLE
- Mémoires de guerre III. Le Salut. 1944-1946

DE VIGAN
- No et moi

DICKER
- La Vérité sur l'affaire Harry Quebert

DIDEROT
- Supplément au Voyage de Bougainville

DUMAS
- Les Trois Mousquetaires

ÉNARD
- Parlez-leur de batailles, de rois et d'éléphants

FERRARI
- Le Sermon sur la chute de Rome

FLAUBERT
- Madame Bovary

FRANK
- Journal d'Anne Frank

FRED VARGAS
- Pars vite et reviens tard

GARY
- La Vie devant soi

GAUDÉ
- La Mort du roi Tsongor
- Le Soleil des Scorta

GAUTIER
- La Morte amoureuse
- Le Capitaine Fracasse

GAVALDA
- 35 kilos d'espoir

GIDE
- Les Faux-Monnayeurs

GIONO
- Le Grand Troupeau
- Le Hussard sur le toit

GIRAUDOUX
- La guerre de Troie
  n'aura pas lieu

GOLDING
- Sa Majesté des
  Mouches

GRIMBERT
- Un secret

HEMINGWAY
- Le Vieil Homme
  et la Mer

HESSEL
- Indignez-vous !

HOMÈRE
- L'Odyssée

HUGO
- Le Dernier Jour
  d'un condamné
- Les Misérables
- Notre-Dame de Paris

HUXLEY
- Le Meilleur des mondes

IONESCO
- Rhinocéros
- La Cantatrice chauve

JARY
- Ubu roi

JENNI
- L'Art français
  de la guerre

JOFFO
- Un sac de billes

KAFKA
- La Métamorphose

KEROUAC
- Sur la route

KESSEL
- Le Lion

LARSSON
- Millenium I. Les
  hommes qui n'aimaient
  pas les femmes

LE CLÉZIO
- Mondo

LEVI
- Si c'est un homme

LEVY
- Et si c'était vrai...

MAALOUF
- Léon l'Africain

MALRAUX
- La Condition humaine

MARIVAUX
- La Double Inconstance
- Le Jeu de l'amour
  et du hasard

MARTINEZ
- Du domaine des
  murmures

MAUPASSANT
- Boule de suif
- Le Horla
- Une vie

MAURIAC
- Le Nœud de vipères

MAURIAC
- Le Sagouin

MÉRIMÉE
- Tamango
- Colomba

MERLE
- La mort est mon métier

MOLIÈRE
- Le Misanthrope
- L'Avare
- Le Bourgeois
  gentilhomme

MONTAIGNE
- Essais

MORPURGO
- Le Roi Arthur

MUSSET
- Lorenzaccio

MUSSO
- Que serais-je
  sans toi ?

NOTHOMB
- Stupeur et
  Tremblements

ORWELL
- La Ferme
  des animaux
- 1984

PAGNOL
- La Gloire de
  mon père

PANCOL
- Les Yeux jaunes
  des crocodiles

PASCAL
- Pensées

PENNAC
- Au bonheur
  des ogres

POE
- La Chute de la
  maison Usher

PROUST
- Du côté de
  chez Swann

QUENEAU
- Zazie dans
  le métro

QUIGNARD
- Tous les matins
  du monde

RABELAIS
- Gargantua

RACINE
- Andromaque
- Britannicus
- Phèdre

ROUSSEAU
- Confessions

ROSTAND
- Cyrano de Bergerac

ROWLING
- Harry Potter à
  l'école des sorciers

SAINT-EXUPÉRY
- Le Petit Prince
- Vol de nuit

SARTRE
- Huis clos
- La Nausée
- Les Mouches

SCHLINK
- Le Liseur

SCHMITT
- La Part de l'autre
- Oscar et la Dame rose

SEPULVEDA
- Le Vieux qui lisait des
  romans d'amour

SHAKESPEARE
- Roméo et Juliette

SIMENON
- Le Chien jaune

STEEMAN
- L'Assassin habite au 21

STEINBECK
- Des souris et
  des hommes

STENDHAL
- Le Rouge et le Noir

STEVENSON
- L'Île au trésor

SÜSKIND
- Le Parfum

TOLSTOÏ
- Anna Karénine

TOURNIER
- Vendredi ou la
  Vie sauvage

TOUSSAINT
- Fuir

UHLMAN
- L'Ami retrouvé

VERNE
- Le Tour
  du monde en
  80 jours
- Vingt mille
  lieues sous
  les mers
- Voyage au
  centre de
  la terre

VIAN
- L'Écume
  des jours

VOLTAIRE
- Candide

WELLS
- La Guerre
  des mondes

YOURCENAR
- Mémoires
  d'Hadrien

ZOLA
- Au bonheur
  des dames
- L'Assommoir
- Germinal

ZWEIG
- Le Joueur
  d'échecs

Et beaucoup d'autres sur lePetitLittéraire.fr

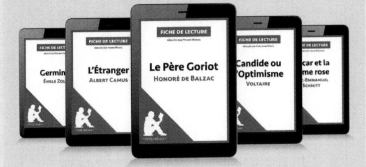

Printed in Great Britain
by Amazon